Zarua D. Maning

La Profecía de la Bruja

Zarua D. Maning

La Profecía de la Bruja

Por

Zarua D. Maning

El amor, la magia y el destino te esperan.

La Profecía de la Bruja

<u>Dedicación</u>

A mis hermanas brujas y amantes de lo paranormal en todo el mundo,

Desde las profundidades de nuestra magia compartida, ofrezco esta historia. Así como la luna guía las mareas, que nuestros lazos se fortalezcan a través de cada desafío y triunfo que enfrentemos. Juntos, bailamos bajo el cielo estrellado, lanzando hechizos que tejen nuestros destinos. Esta historia es para ti, que abrazas las sombras y la luz, que encuentras la belleza en lo desconocido y el poder en lo místico. Que "La Profecía de la Bruja" encienda tu espíritu y te recuerde que nunca estamos solos en nuestro viaje.

Bendito seas,

Zarua D. Maning

Prólogo

La noche estaba llena de susurros, el bosque envuelto en sombras que danzaban bajo la pálida luz de la luna. Los árboles centenarios se erguían como centinelas silenciosos, sus ramas nudosas se extendían hacia el cielo como dedos esqueléticos. En el corazón de este bosque encantado, donde el tiempo parecía contener la respiración, se estaba llevando a cabo un poderoso ritual.

Celeste Luna Negra estaba en el centro de un círculo de siete brujas, con su cabello negro como el cuervo cayendo en cascada sobre sus hombros como una cascada oscura. Sus ojos esmeralda brillaban con una luz interior, reflejando la fuerza y la determinación que fluían por sus venas. A su alrededor, el aquelarre cantaba al unísono, sus voces subían y bajaban como las mareas de un mar de otro mundo.

Un caldero burbujeaba con una mezcla de hierbas raras e ingredientes encantados, y sus vapores llenaban el aire con un aroma embriagador y embriagador. El suelo debajo de ellos palpitaba con energía, la misma tierra respondía a su llamada. Se preparaban para un viaje en el tiempo, una búsqueda para reescribir el pasado y salvaguardar el futuro.

El corazón de Celeste latía con anticipación y miedo. Había visto la visión: Gabriel, el vampiro de penetrantes ojos azules y un alma agobiada por siglos de oscuridad, pronto se enfrentaría a un destino peor que la muerte. Los cazadores, implacables en su persecución, no se detendrían hasta que hubiesen extinguido su vida. No podía permitir que eso sucediera.

Mientras cantaba el antiguo conjuro, Celeste sintió una oleada de poder como nunca antes había conocido. El portal resplandeció en la existencia, una puerta dorada que unía el presente y el pasado. La magia de su aquelarre, combinada con la esencia vampírica de Gabriel, había creado un conducto a través del tiempo mismo.

Gabriel entró en el círculo, su presencia imponente y enigmática. Había vivido durante siglos, una figura solitaria que navegaba por un mundo que temía y cazaba a los de su especie. Sin embargo, en los ojos de Celeste, encontró algo que había creído perdido para siempre: la esperanza. Juntos, se enfrentarían a lo desconocido, sus destinos entrelazados por los hilos del destino.

"¿Estás listo?" —preguntó Celeste, con voz firme a pesar de la tormenta de emociones que había en su interior.

Gabriel asintió; Su expresión resuelta. "Contigo, estoy listo para cualquier cosa".

Cogidos de la mano, atravesaron el portal, y su entorno se difuminó y cambió a medida que se embarcaban en su peligroso viaje. El bosque que los rodeaba se desvaneció, reemplazado por un paisaje de imágenes y sonidos desconocidos. Habían cruzado el umbral de un tiempo muy pasado, en el que sus acciones marcarían el curso de la historia.

Pero el camino que tenía por delante estaba lleno de peligros. Los cazadores no eran sus únicos adversarios; Fuerzas oscuras acechaban en las sombras, esperando el momento de atacar. Celeste sabía que su misión pondría a prueba los límites de su fuerza y coraje, pero estaba decidida a llevarla a cabo.

Porque dentro de su pecho ardía un fuego de desafío y amor, un faro que los guiaría a través de la más oscura de las noches. Y cuando las primeras luces del amanecer comenzaron a despuntar en el horizonte, Celeste susurró un voto silencioso: proteger a Gabriel, luchar por su futuro y abrazar lo que el destino les deparara.

El viaje había comenzado y no había vuelta atrás.

Zarua D. Maning

Tabla de contenidos

La Profecía de la Bruja

Capítulo 1
<u>La visión de la bruja</u>

Celeste Luna Negra se despertó con el suave resplandor del amanecer que se filtraba a través de la ventana de su dormitorio. El aire estaba impregnado del aroma de la lavanda y la salvia, restos de los rituales de la noche. Su pequeña y pintoresca tienda, "Místicos de la Luna Negra", se encontraba en el corazón de una ciudad que parecía tener un pie en el presente y otro en un pasado encantado. Las calles empedradas, bordeadas de farolas anticuadas y pintorescas tiendas, se sumaban al encanto mágico de la ciudad. Mientras se preparaba para el día, no podía evitar la sensación de que algo extraordinario estaba a punto de suceder.

Su día comenzaba como siempre, con una humeante taza de té de hierbas y el suave zumbido de su gato, Shadow, que parecía sentir la magia en el aire. La tienda de Celeste era un santuario para aquellos que buscaban orientación y consuelo. Las estanterías llenas de tomos antiguos y artefactos místicos creaban una atmósfera que era a la vez acogedora y misteriosa. La pieza central de la habitación era su mesa de lectura de tarot, adornada con un paño de color púrpura oscuro y una variedad de cristales.

Cuando el reloj dio las nueve, el timbre sobre la puerta sonó suavemente, anunciando la llegada de su primer cliente. Celeste los saludó con una cálida sonrisa, sus ojos esmeralda brillaban con amabilidad. Se instaló en la rutina familiar, dejando que las cartas guiaran sus palabras y brindaran consuelo a quienes buscaban su sabiduría.

A media mañana, la puerta de la tienda se abrió y una figura entró, captando instantáneamente la atención de Celeste. Era sorprendentemente guapo, con el pelo rubio que captaba los ojos azules claros y penetrantes que parecían ver a través de ella. Su presencia era casi de otro mundo, y Celeste sintió un escalofrío de reconocimiento. Este hombre no era un cliente cualquiera.

—Buenos días —saludó, con voz firme a pesar del aleteo en el pecho—. "¿Cómo puedo ayudarte hoy?"

—He oído hablar de tus lecturas —dijo, con voz suave y melódica—. "Dicen que eres el mejor".

Celeste le hizo señas para que se sentara a su mesa. Mientras barajaba la baraja del tarot, sintió una poderosa energía que emanaba de él. Colocó las cartas, cada una de las cuales revelaba más sobre el hombre que tenía delante. La última carta hizo que su corazón se detuviera: La Torre, un símbolo de cambio repentino y agitación.

Una visión inundó su mente: Gabriel, el vampiro, rodeado de oscuridad, su cuerpo sin vida, y un grupo de cazadores acercándose. La viveza de la visión la dejó sin aliento. Sabía que tenía que advertirle.

—¿Quién eres? —preguntó, con la voz apenas por encima de un susurro.

—Me llamo Gabriel —respondió él, con los ojos fijos en los de ella—. Y creo que has visto algo que necesito saber.

Celeste respiró hondo y se estabilizó. —Estás en grave peligro, Gabriel. Vi a un grupo de cazadores. Están planeando matarte".

La expresión de Gabriel permaneció tranquila, pero un destello de miedo cruzó sus ojos. "He estado huyendo de ellos durante siglos. ¿Por qué ahora?

"No lo sé", admitió Celeste. "Pero la visión era clara. Te encontrarán pronto a menos que hagamos algo".

La mente de Celeste se aceleró. Sabía que no podía dejar que Gabriel se enfrentara a esto solo. —Puedo ayudarte —dijo ella, con determinación en su voz—. "Mi aquelarre y yo tenemos el poder de protegerte. Tenemos que actuar con rapidez".

Gabriel la miró, con una mezcla de esperanza y escepticismo en sus ojos.

"¿Por qué me ayudarías? Soy un vampiro. La mayoría de la gente nos teme".

"Nunca he sido de las que siguen a la multitud", respondió Celeste con una sonrisa irónica. "Además, creo que nuestros destinos están entrelazados. Hay una razón por la que viniste a mí".

Durante los días siguientes, Celeste y Gabriel pasaron cada momento juntos, planeando su próximo movimiento. Celeste lo presentó a su aquelarre, siete poderosas brujas, cada una con habilidades únicas. Juntos, comenzaron a investigar formas de evitar que los cazadores se convirtieran en una amenaza.

Mientras trabajaban codo con codo, se formó un vínculo entre Celeste y Gabriel. Compartieron historias de su pasado, sus esperanzas y sus miedos.

Cuanto más tiempo pasaban juntos, más fuerte crecía su conexión. No pasó mucho tiempo antes de que su amistad comenzara a florecer en algo más profundo, un amor que ninguno de los dos esperaba, pero que ambos necesitaban desesperadamente.

El plan del aquelarre era atrevido: combinar su magia con las habilidades vampíricas de Gabriel para viajar en el tiempo y detener a los cazadores antes de que pudieran comenzar. Era una empresa arriesgada, pero estaban dispuestos a aprovechar la oportunidad para salvar a Gabriel y proteger su futuro.

Capítulo 2
<u>Desvelando secretos</u>

La historia de Gabriel comenzó hace siglos en un pequeño pueblo enclavado en lo profundo de los Cárpatos. Nació en el seno de una familia noble, venerada por su riqueza e influencia. Sin embargo, su vida dio un giro oscuro cuando fue convertido en vampiro por una fuerza antigua y malévola. La transformación lo dejó con los sentidos agudizados, una fuerza extraordinaria y una sed insaciable de sangre. A pesar de la oscuridad dentro de él, Gabriel conservaba un destello de humanidad, un deseo de proteger a los inocentes y buscar la redención de su existencia maldita.

Mientras compartía su historia con Celeste, ella escuchó atentamente, con el corazón dolorido por el dolor y la soledad que había soportado. Gabriel habló de sus innumerables batallas con los cazadores de vampiros, cada encuentro más desgarrador que el anterior. Los cazadores eran implacables, impulsados por un odio profundamente arraigado hacia los de su especie. Gabriel había perdido amigos y aliados a lo largo de los años, pero siempre se las había arreglado para mantenerse un paso por delante, hasta ahora.

Celeste presentó a Gabriel a su aquelarre, un grupo diverso de siete brujas, cada una de las cuales poseía habilidades únicas. Allí estaba Ravenna, la pelirroja ardiente con talento para la magia elemental; Lira, la serena y sabia curandera; Thalía, la traviesa ilusionista; Nyx, la oscura y misteriosa nigromante; Cassia, la experta alquimista; Iris, la empática con el poder de sentir y manipular las emociones; y Rowan, el guerrero feroz y leal.

El aquelarre recibió a Gabriel con los brazos abiertos, reconociendo la urgencia de su misión. Juntos, idearon un plan para usar sus habilidades mágicas combinadas para protegerlo de los cazadores. Cada bruja aportó sus propias fortalezas, creando una poderosa sinergia que sería crucial en las batallas venideras.

Los cazadores de vampiros eran una fuerza formidable, liderada por un hombre llamado Alaric. Era un guerrero experimentado, marcado por años de caza de vampiros. Su odio por ellos era personal: su familia había sido masacrada por vampiros cuando él era solo un niño. La venganza de Alaric lo llevó a reunir un equipo de cazadores de élite, cada uno con sus propias historias trágicas y razones para unirse a la causa.

Los cazadores operaban en las sombras, utilizando armamento avanzado y técnicas ancestrales transmitidas de generación en generación. Su base estaba escondida en un lugar remoto, fortificada con trampas y guardianes para mantener a raya a los vampiros. La obsesión de Alaric por erradicar a los vampiros lo cegó a la posibilidad de coexistencia, alimentando su determinación de matar a Gabriel a cualquier costo.

En el corazón de la tienda de Celeste, el aquelarre y Gabriel se reunieron alrededor de una gran mesa de madera, mapas y artefactos mágicos extendidos ante ellos. Sabían que los cazadores atacarían pronto, y tenían que estar preparados. Celeste usó su cristal de adivinación para localizar la base de los cazadores, revelando su ubicación oculta en un denso bosque.

"Tenemos que atacar primero", dijo Celeste, con la voz llena de determinación. "Si podemos eliminar a su líder, el resto se dispersará".

Gabriel asintió, sus ojos reflejaban la misma determinación. "Estoy de acuerdo. Pero hay que tener cuidado. Alarico es astuto y despiadado. No podemos subestimarlo".

El aquelarre trabajó incansablemente, elaborando amuletos protectores y hechizos defensivos. Practicaron su magia, perfeccionando sus habilidades para la inminente batalla. Gabriel compartió su conocimiento de las tácticas de los cazadores, ayudándoles a anticipar sus movimientos y contrarrestar sus estrategias.

A medida que el sol se ponía, arrojando un resplandor dorado sobre la ciudad, el aquelarre hizo sus últimos preparativos. Celeste los dirigió en un ritual, invocando la protección de los antiguos espíritus y recurriendo al poder de la tierra. El aire crepitaba con energía, y un sentido de unidad y propósito llenaba la habitación.

Gabriel estaba de pie en el borde del círculo, sintiendo un sentido de pertenencia que no había sentido en siglos. Estas brujas eran más que aliadas: eran amigas, unidas por un objetivo común. Miró a Celeste, con el rostro iluminado por la luz parpadeante de las velas, y sintió una oleada de gratitud. Ella le había dado esperanzas y, por primera vez en mucho tiempo, creyó que podrían tener éxito.

El escenario estaba listo para una confrontación épica. El aquelarre estaba listo, su magia era fuerte y sus espíritus inflexibles. Sabían que el camino que tenían por delante estaría lleno de peligros, pero estaban preparados para enfrentarlo juntos. El vínculo entre Celeste y Gabriel se fortaleció con cada momento que pasaba, preparando el escenario para una historia de amor entrelazada con la magia, el peligro y el destino.

Capítulo 3
<u>Magia para viajar en el tiempo</u>

Bajo el cielo crepuscular, Celeste y su aquelarre se prepararon para el ritual más complejo que jamás habían intentado. El aire estaba cargado con el aroma de la salvia quemada y el suave zumbido de los antiguos encantamientos. Gabriel estaba de pie en el centro del círculo, sintiendo que la energía se arremolinaba a su alrededor. Las brujas formaron un anillo, con las manos entrelazadas, cada una canalizando su poder único en el hechizo.

La voz de Celeste se elevó por encima de las demás, clara y dominante. "Espíritus del tiempo y del espacio, escuchad nuestro llamado. Dobla el tejido de la realidad y permítenos el paso al pasado. Guíanos hasta el momento antes de que comenzara el camino de los cazadores".

El suelo bajo sus pies tembló cuando la magia se apoderó de ellos. Un portal resplandeciente comenzó a formarse, sus bordes brillaban con una luz dorada. El poder combinado del aquelarre, amplificado por la esencia vampírica de Gabriel, creó un puente entre los tiempos. Con un poderoso encantamiento final, el portal se estabilizó y el grupo lo atravesó, su entorno se difuminó y cambió a medida que viajaban en el tiempo.

El mundo a su alrededor se transformó, los colores y las formas se fundieron y reformaron en un nuevo paisaje. Se encontraron en un denso bosque, el aire lleno del aroma del pino y la tierra húmeda. El sonido del canto de los pájaros y el susurro de las hojas reemplazaron el zumbido moderno de la maquinaria. Era una época más sencilla, pero más peligrosa.

Celeste respiró hondo, enraizándose en esta nueva realidad. "Lo hemos logrado", dijo, con la voz teñida de asombro y alivio. "Pero debemos ser cautelosos. No sabemos qué peligros nos esperan aquí".

Gabriel asintió, con los sentidos en alerta máxima. "Tenemos que encontrar la aldea donde la familia de Alaric fue atacada. Si podemos prevenir ese evento, podríamos cambiar el curso de su vida y detener la formación de los cazadores".

Se movían silenciosamente por el bosque, sus pasos apenas hacían ruido en el suelo cubierto de musgo. Cada miembro del aquelarre usó sus habilidades para navegar y proteger al grupo. Seraphina controlaba los elementos para despejar su camino, mientras que la magia curativa de Lyra los mantenía energizados y concentrados.

Mientras viajaban, se encontraron con varias figuras históricas y puntos de referencia. Vieron pueblos y ciudades en sus primeras etapas, se reunieron con curanderos locales y mujeres sabias que reconocieron el poder de Celeste y ofrecieron su ayuda. El grupo forjó alianzas, recopiló información y aprendió sobre las costumbres y peligros de esta antigüedad.

Una noche, se encontraron en un bullicioso mercado. El aire estaba lleno del olor a pan fresco, hierbas y el aroma ahumado de la carne asada. Los sonidos de los comerciantes que vendían sus mercancías y los niños que jugaban llenaban el aire, un marcado contraste con el peligro inminente al que se enfrentaban.

Celeste y Gabriel deambularon por el mercado, maravillándose de la simplicidad y vitalidad de la vida que los rodeaba. A pesar de la gravedad de su misión, no pudieron evitar disfrutar de estos momentos de normalidad y conexión. Fue en estos momentos tranquilos que su vínculo se profundizó, sus conversaciones fluyeron fácilmente mientras compartían sus pensamientos y sueños.

A medida que los días se convertían en semanas, la conexión entre Celeste y Gabriel se hizo más fuerte. Se sintieron atraídos el uno por el otro, no solo por la urgencia de su misión, sino por un vínculo más profundo y personal. Pasaron las tardes hablando junto al fuego, compartiendo historias de su pasado y esperanzas para el futuro.

Una noche, mientras estaban sentados bajo el cielo estrellado, Gabriel tomó la mano de Celeste. —Me has dado algo que creía perdido para siempre —dijo con voz suave—. "Esperanza. Por primera vez en siglos, siento que hay un futuro por el que vale la pena luchar".

Celeste lo miró a los ojos, sintiendo que la verdad de sus palabras resonaba dentro de ella. "Estamos juntos en esto, Gabriel. Pase lo que pase, lo afrontamos como uno solo".

Su amistad se convirtió en un amor que trascendió el tiempo y la magia, un vínculo que les dio la fuerza para enfrentar los desafíos que se avecinaban. El aquelarre notó el cambio, su unidad y determinación se fortalecieron con cada día que pasaba.

La paz y la camaradería se rompieron una noche cuando los cazadores les tendieron una emboscada. El ataque fue repentino y brutal, la quietud de la noche estalló en caos. Alarico y su equipo los habían encontrado, y no mostraron piedad.

Celeste y su aquelarre se defendieron con todas sus fuerzas. Seraphina desató un torrente de fuego, mientras que Nyx convocó a los espíritus para que los ayudaran. La fuerza vampírica y la velocidad de Gabriel lo convirtieron en un oponente formidable, sus movimientos eran borrosos mientras luchaba contra los atacantes.

A pesar de su poder combinado, los cazadores eran implacables. La batalla continuó, el bosque resonó con los sonidos de la magia y el combate. Celeste se encontró cara a cara con

Alaric, sus ojos se cruzaron en un momento de comprensión y odio.

—No puedes detenernos —siseó Alaric, su espada brillando a la luz de la luna—. "Libraremos al mundo de los de tu especie".

La determinación de Celeste se endureció. "No si te detenemos primero," contestó ella, canalizando su magia en una poderosa explosión que lo derribó.

Los cazadores se retiraron, pero el mensaje era claro: la lucha estaba lejos de terminar. El aquelarre se reagrupó; Su determinación es más fuerte que nunca. Sabían que tenían que actuar con rapidez, para encontrar el momento que pusiera a Alarico en su camino de venganza y cambiarlo para siempre.

Había más en juego que nunca, y el vínculo entre Celeste y Gabriel fue la clave de su éxito. Juntos, se enfrentarían a cualquier desafío que se les presentara, su amor y magia se entrelazarían en una batalla contra el tiempo mismo.

Capítulo 4
Luchando contra los cazadores

Ante la amenaza inmediata de los cazadores, Celeste y su aquelarre se reagruparon para elaborar una estrategia. El ambiente era tenso, el aire estaba cargado de olor a madera quemada y residuos mágicos. Se reunieron alrededor de un gran mapa de la región, marcando ubicaciones clave y posibles puntos de ataque.

Celeste recorrió con el dedo un sendero que conducía a un pequeño pueblo enclavado en un valle. "Aquí es donde la familia de Alaric fue atacada", dijo con voz firme. "Tenemos que prevenir ese evento. Si podemos salvar a su familia, podríamos cambiar su rumbo".

Gabriel asintió, con los ojos fijos en el mapa. "No será fácil. Los cazadores nos estarán esperando, y tendremos que tener cuidado de no interrumpir demasiado la línea de tiempo".

Los miembros del aquelarre expresaron su acuerdo, cada uno sugiriendo formas en que podrían usar sus habilidades para lograr su objetivo. Seraphina propuso usar su magia elemental para crear distracciones, mientras que Lyra sugirió lanzar hechizos protectores alrededor de la aldea.

Al día siguiente, el grupo partió hacia el pueblo. El viaje fue arduo, el terreno áspero e implacable. A medida que se acercaban, Celeste sintió un cambio en el aire, una señal de que los cazadores ya estaban cerca.

La aldea estaba tranquila, sus habitantes no eran conscientes del peligro inminente. Celeste y su aquelarre se dispersaron, cada uno tomando una posición para defender la aldea. Seraphina convocó una tormenta, nubes oscuras se acumularon sobre su cabeza, mientras Nyx invocaba a los espíritus para que las vigilaran.

El primer ataque se produjo al anochecer. Los cazadores emergieron de las sombras, sus armas brillando en la luz que se desvanecía. Celeste se mantuvo firme, su magia crepitando a su alrededor. Lanzó un hechizo de protección sobre la aldea, una barrera resplandeciente que repelería a los cazadores.

La batalla fue feroz, los hechizos y las armas chocaron en una danza mortal. El corazón de Celeste latió con fuerza cuando se enfrentó a un grupo de cazadores, su magia tejiendo un escudo a su alrededor. Podía sentir la tensión, pero su determinación nunca flaqueó.

Gabriel luchó junto a las brujas, sus habilidades vampíricas le dieron una ventaja en la batalla. Se movía con una velocidad sobrenatural, sus ataques eran precisos y letales. Sintió una oleada de protección hacia las brujas, especialmente Celeste, cuyo coraje y fuerza lo inspiraron.

En el fragor de la batalla, Gabriel se encontró frente a Alarico. Los ojos del cazador ardían de odio; su espada apuntó al corazón de Gabriel. —No puedes ganar —gruñó Alaric, lanzándose hacia delante—.

Gabriel paró el ataque, sus movimientos fluidos y controlados. "Protegeré a mis amigos, cueste lo que cueste", respondió, con voz firme. Los dos chocaron, su lucha fue un torbellino de acero y magia. La fuerza y la agilidad de Gabriel le permitieron igualar los implacables ataques de Alaric, pero sabía que tenía que encontrar una manera de terminar la pelea rápidamente.

Mientras Gabriel y Alaric se batían en duelo, el resto del aquelarre desempeñaba su papel fundamental. Seraphina desató torrentes de fuego, obligando a los cazadores a retirarse. Lyra curó a los heridos, su suave toque les devolvió la fuerza. Las ilusiones de Thalia confundieron a los cazadores, lo que les dificultó apuntar a las brujas con precisión.

Cassia e Iris trabajaron juntas, combinando sus conocimientos alquímicos y habilidades empáticas para crear pociones que mejoraban sus poderes. Rowan se erigió como una feroz guardiana, sus habilidades de combate rivalizaban con las de los cazadores.

Cada miembro del aquelarre contribuyó a la defensa, su unidad y cooperación crearon una fuerza formidable. Se movían con precisión, su vínculo fortalecía su determinación. A pesar del caos, había un innegable sentido de armonía en sus acciones.

A medida que avanzaba la batalla, un giro repentino cambió el curso de los acontecimientos. Un poderoso cazador, envuelto en la oscuridad, apareció en el campo de batalla. Su presencia era abrumadora, su aura estaba llena de una energía antigua y malévola. No se parecía a ningún cazador al que se hubieran enfrentado antes.

El corazón de Celeste se hundió cuando reconoció la figura: era Malaquías, un antiguo vampiro que una vez había sido mentor de Gabriel. Pero ahora, estaba con los cazadores, con los ojos llenos de traición e ira.

—Malaquías —susurró Gabriel, con la voz llena de incredulidad—. "¿Por qué estás aquí?"

Los labios de Malaquías se curvaron en una sonrisa cruel. —Te has debilitado, Gabriel. Te alias con brujas y humanos, traicionando tu verdadera naturaleza. Estoy aquí para corregir ese error".

La revelación conmocionó al grupo. La batalla adquirió un nuevo nivel de intensidad cuando se dieron cuenta de que no solo estaban luchando contra cazadores, sino también contra un poderoso vampiro con una venganza personal. Celeste y su aquelarre se unieron; Su determinación renovada por el desafío inesperado.

El escenario estaba listo para una confrontación épica, con lo que estaba en juego más que nunca. Celeste, Gabriel y el aquelarre tendrían que reunir toda su fuerza y coraje para enfrentarse a Malaquías y los cazadores. Su vínculo, su amor y su magia eran su única esperanza contra la oscuridad que amenazaba con consumirlos.

Capítulo 5
El enfrentamiento final

El aire de la noche estaba cargado de tensión mientras Celeste, Gabriel y el aquelarre se preparaban para la confrontación final. El bosque que los rodeaba estaba inquietantemente silencioso, como si el mundo mismo estuviera conteniendo la respiración. El aroma del pino y la tierra húmeda se mezclaba con el sabor metálico de la anticipación.

El corazón de Celeste latía con fuerza en su pecho, su magia se arremolinaba a su alrededor como una capa protectora. Podía sentir el poder de su aquelarre, cada bruja era un faro de fuerza y determinación. Formaron un círculo, con las manos entrelazadas, listos para enfrentarse juntos a la oscuridad.

Malaquías y los cazadores emergieron de las sombras; sus ojos brillaban con intención malévola. —Esto termina ahora —declaró Malaquías, y su voz resonó entre los árboles—. "No puedes escapar de tu destino".

Celeste dio un paso al frente; Su voz inquebrantable. "Nosotros hacemos nuestro propio destino", respondió. "Y lucharemos por ello".

La batalla estalló en un resplandor de magia y furia. Los hechizos volaron por el aire, chocando con las armas de los cazadores. El bosque estaba iluminado por ráfagas de luz y fuego, los sonidos del combate resonaban como una sinfonía de guerra.

A medida que avanzaba la batalla, Celeste sabía que necesitaban un movimiento decisivo para cambiar el rumbo. Buscó en lo más profundo de sí misma, recurriendo a la antigua magia de sus antepasados. Con un poderoso encantamiento, invocó un hechizo de atadura, un tejido de luz y energía diseñado para atrapar a Malaquías y a los cazadores.

El suelo tembló cuando el hechizo tomó forma, zarcillos dorados de luz serpenteando hacia sus enemigos. Malachi sintió el peligro y contraatacó con su propia magia oscura, una fuerza sombría que buscaba desentrañar el hechizo de Celeste.

La concentración de Celeste flaqueó, la tensión de la poderosa magia le pasó factura. Gabriel corrió a su lado, prestando su fuerza para reforzar su hechizo. Juntos, vertieron su energía en el encantamiento, y su vínculo amplificó su poder.

Con un empujón final y desesperado, el hechizo encajó en su lugar. Los zarcillos dorados envolvieron a Malaquías y a los cazadores, atándolos en una jaula de luz. El bosque se quedó en silencio, la batalla se detuvo momentáneamente.

Malaquías luchó contra la atadura, con los ojos ardiendo de furia. "¿Crees que puedes abrazarme?", escupió. "Ustedes son tontos".

Gabriel dio un paso al frente; Su expresión resuelta. "Esta es tu última oportunidad, Malaquías. Ríndete o afronta las consecuencias".

La risa de Malaquías era oscura y hueca. —Eres débil, Gabriel. Siempre lo has sido. Nunca me rendiré ante gente como tú".

A Gabriel le dolía el corazón por la traición de su antiguo mentor, pero sabía lo que tenía que hacer. Se volvió hacia Celeste; Sus ojos se llenaron de determinación. "Tenemos que terminar esto".

Celeste asintió, comprendiendo el peso de su decisión. Juntos, canalizaron el poder que les quedaba en el hechizo vinculante, fortaleciéndolo hasta que brilló con una fuerza inquebrantable.

Los cazadores, al ver a su líder atrapado, comenzaron a flaquear. Algunos intentaron huir, pero el aquelarre fue implacable. La magia de fuego de Seraphina brilló durante la noche, cortando sus rutas de escape, mientras que los espíritus invocados por Nyx bloquearon sus caminos.

Uno por uno, los cazadores fueron sometidos, sus armas cayeron de sus manos cuando se dieron cuenta de su derrota. La unidad y la fuerza del aquelarre habían cambiado el rumbo, y la amenaza de los cazadores finalmente fue sofocada.

Pero la batalla había pasado factura. Las brujas estaban exhaustas, su magia casi agotada. Gabriel también estaba agotado, sus habilidades vampíricas llevadas al límite. Se mantuvieron unidos, un testimonio de su resiliencia y determinación.

Cuando el polvo se asentó, Celeste se acercó a Malaquías, que todavía estaba atado por el hechizo. "¿Por qué te volviste contra nosotros?", preguntó. — ¿Qué te llevó a esto?

Los ojos de Malaquías estaban llenos de una mezcla de ira y arrepentimiento. "No entiendes la oscuridad que yace dentro de nosotros, Celeste. El poder que ejercemos... corrompe. Quería salvar a Gabriel de ese destino, pero él te eligió a ti".

Celeste sintió una punzada de simpatía, pero se mantuvo resuelta. "Todos tenemos oscuridad dentro de nosotros, Malaquías. Pero son nuestras elecciones las que nos definen".

Antes de que Malaquías pudiera responder, una repentina onda de magia recorrió el aire. La visión de Celeste se nubló y sintió una extraña sensación, como si el tejido mismo de la realidad se estuviera moviendo.

Cuando su visión se aclaró, vio una figura de pie en el borde del claro. Era una mujer, su presencia etérea y poderosa. Irradiaba una magia ancestral, sus ojos brillaban con sabiduría y autoridad.

—¿Quién eres? —preguntó Celeste, con voz temblorosa.

La mujer sonrió, con una mirada cómplice en sus ojos. "Soy Morgana, la guardiana del tiempo. Has alterado el pasado, pero el futuro sigue siendo incierto".

El corazón de Celeste se aceleró. —¿Qué significa eso?

La sonrisa de Morgana se desvaneció. "Significa que tu viaje está lejos de terminar. La verdadera prueba está por venir, y el destino de las brujas y los vampiros pende de un hilo".

La revelación dejó a Celeste y a sus acompañantes en un silencio atónito. Habían ganado la batalla, pero la guerra estaba lejos de terminar. Su amor, su magia y su coraje serían puestos a prueba de maneras que nunca habían imaginado.

Mientras las palabras de Morgana resonaban en su mente, Celeste supo que tenían que estar preparados para lo que viniera después. Lo que estaba en juego era más importante que nunca, y el futuro era un camino sombrío e incierto.

Epílogo

La luna colgaba en lo alto del cielo nocturno, proyectando un resplandor plateado sobre el tranquilo bosque. Celeste estaba de pie en el borde del claro, la brisa fresca susurrando a través de los árboles, llevando consigo el aroma del pino y la tierra. La batalla había terminado, pero la guerra no había hecho más que empezar.

A su lado, Gabriel miraba a lo lejos, sus penetrantes ojos azules llenos de una mezcla de determinación e incertidumbre. La presencia de Morgana, la guardiana del tiempo, lo había cambiado todo. Sus palabras resonaron en la mente de Celeste, un recordatorio constante de los desafíos que se avecinaban.

"Has alterado el pasado, pero el futuro sigue siendo incierto".

Celeste sabía que su viaje estaba lejos de terminar. El equilibrio entre la luz y la oscuridad era delicado, y sus acciones determinarían el destino tanto de las brujas como de los vampiros. El camino que tenía por delante estaba envuelto en misterio, pero sintió un renovado sentido de propósito. Con Gabriel a su lado, estaba lista para enfrentar cualquier prueba que les esperara.

—Saldremos de esto —dijo Gabriel en voz baja, y su mano encontró la de ella—. "Juntos".

Celeste asintió, un fuego se encendió dentro de ella. "Juntos".

Cuando las primeras luces del alba comenzaron a deslizarse por el horizonte, Celeste y Gabriel se alejaron del claro, listos para enfrentar el futuro. Su amor y determinación serían su luz guía en los tiempos oscuros que se avecinaban.

El viaje continúa en "La Legacía de la Bruja", que llegará en invierno.